Pouf

Youpi

Édité par Hachette Livre
43, quai de Grenelle – 75905 Paris Cedex 15

Pierre Probst

Caroline et ses amis

en vacances

hachette
JEUNESSE

De bon matin, la monitrice Caroline et ses petits amis montent dans l'autocar. C'est la joie du départ pour le camp de vacances du lac Bleu.

Caroline
et ses amis
en vacances

hachette
JEUNESSE

À leur arrivée, filles et garçons les accueillent par une chanson. La directrice, elle, se gratte le menton : elle attendait des enfants, et non des animaux. Qu'à cela ne tienne ! Ces nouveaux vacanciers si sympathiques seront traités comme les autres.

Une nuit sous la tente repose des fatigues du voyage. Un plongeon dans le lac, ça réveille ; un bol de chocolat et de bons croissants, ça fait du bien.

« Laissez-m'en ! crie Boum sous sa barbe de mousse. Youpi a pris toute l'eau de la douche ! Je n'arrive plus à me rincer ! »

NE GASPILLEZ
PAS L'EAU
PRIÈRE
D'EN LAISSER
POUR LE SUIVANT

« Respirez… Toussez… Faites A… Tirez la langue… a dit le docteur. Ourson en parfaite santé, a-t-il ajouté. Au suivant ! »

Si Boum est rassuré, Pitou s'inquiète : sa langue est-elle bien rose ? Et Bobi, n'a-t-il pas un peu de fièvre ? Mais non ! Tous deux pourront bientôt courir, sauter, jouer tant qu'ils voudront. Vivent les vacances !

En avant pour la promenade en forêt, la cueillette des champignons, la partie de balançoire ! On marche sur la mousse toute douce, les feuilles sèches craquent sous les pas, les oiseaux chantent dans le bois. C'est la joie… sauf quand on s'assied sur une fourmilière et qu'on se fait piquer le derrière, ou qu'une maman pic furieuse d'avoir été dérangée par un petit curieux nous accueille à grands coups de bec !

Boum a perdu ses boutons : pour un peu, il perdrait aussi son pantalon ! Kid a marché sur des épines et soigne ses pattes endolories. Et Noiraud ? Ce bandage de maharadjah cache bien ses blessures.

« Tu as été trop curieux ! lui dit le petit lion.

– Et toi, trop distrait : tu as perdu la partie ! » répond Noiraud.

Pendant ce temps, leurs amis jouent à colin-maillard.

« Je t'ai attrapé ! crie Pouf tout content. Mais qui es-tu ?
Pas Youpi, son nez est plus petit. Pas Pipo, son museau est
moins gros…

– Regarde ! » lui disent ses amis en se tordant de rire.

Vite, Pouf fait tomber son bandeau et pousse un hurlement.
Sabine, la grosse vache blonde, lui répond par un meuglement.

Soudain, trois coups de sifflet : il est l'heure de déjeuner !

Comme c'est agréable de déjeuner en plein air ! Ces spaghettis semblent délicieux… mais qu'il est difficile de les déguster ! On les saisit, ils s'échappent. On les pique, ils se dérobent. On les enroule, ils glissent. Ah oui, c'est tout un art que de manger des spaghettis !

C'est l'heure de la sieste, mais personne n'a envie de dormir. Pitou joue un air de guitare, Kid montre à Boum d'amusantes photos de famille. Caroline pointe le bout de son nez et oblige ses petits amis à se reposer. Il fait encore trop chaud dehors pour sortir.

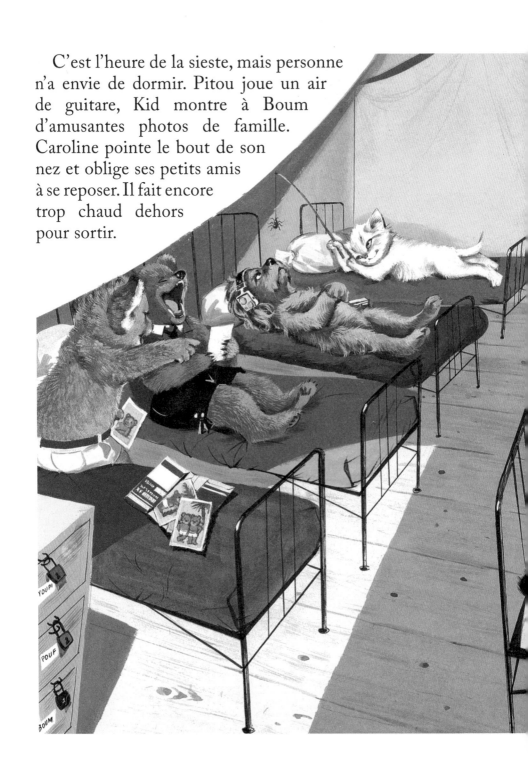

La bataille de polochons fait rage ! En plein été, il neige des flocons… de plume !

Soudain, la directrice apparaît et s'écrie :

« Pour vous calmer, allez vous baigner ! »

« Mais n'aie pas peur, Noiraud ! s'exclame Kid.

– J'ai horreur des bains glacés, tu le sais bien !
proteste le chaton.

– C'est le premier plongeon qui coûte ! » s'écrie
Boum.

Et zip ! il se laisse glisser sur le rocher. Plouf ! Plouf !
Plouf ! Les plongeons se succèdent, les photographies aussi.
Seront-elles réussies ?

La nuit venue, tout le monde s'est endormi. Tout à coup, un craquement, un couinement, et puis des cris. Quelle panique ! Quelle fuite éperdue... à cause d'un petit campagnol qui voulait se faire de nouveaux amis !

« En voilà, des héros ! se moque Caroline. Revenez et tâchez de dormir. Demain, nous devrons être en forme pour notre grande soirée d'adieu au camp du lac Bleu ! »

MONITRICE
GRATTEZ
AVANT D'ENTRER

Quel méli-mélo !

1

2

3

4

Tu as bien lu l'histoire de Caroline ?
Alors regarde ces images, puis remets-les dans le bon ordre !

5

6

7

8

Boum

Bo

Noiraud

Kid

Pipo